아처

O CAMINHO DO ARCO

Text by Paulo Coelho | Illustrations by Dongsung Kim

Copyright © Paulo Coelho, 2003
Illustrations copyright © Dongsung Kim, 2021
Korean translation copyright © MUNHAKDONGNE Publishing Corp., 2021
http://paulocoelhoblog.com/

This Korean edition was published by arrangements with
Sant Jordi Asociados Agencia Literaria S.L.U., Barcelona, Spain.
www.santjordi-asociados.com

The
Archer

아처

파울로 코엘료 소설

김동성 그림 | 민은영 옮김

문학동네

어느 아침, 생마르탱에서
궁도를 수련하는 나를 보고
이 책의 아이디어를 준
레오나르두 오이티시카에게 바칩니다.

오, 원죄 없이 잉태되신 마리아여!
당신께 의지하는 우리를 위해 빌어주소서!
아멘.

행동 없는 기도는
활 없는 화살과 같다.

기도 없는 행동은
화살 없는 활과 같다.

엘라 휠러 윌콕스

프롤로그

"진을 찾아왔다."

소년은 깜짝 놀라 이방인을 쳐다보았다.

"이 도시에서 그분이 활을 들고 있는 걸 본 사람은 아무도 없어요." 소년이 대답했다. "여기 사람들은 그분이 목수인 줄 알고 있거든요."

"활쏘기를 그만두었을 수도 있고, 용기를 잃었을 수도 있지. 그건 상관없어." 이방인은 굽히지 않았다. "하지만 그가 궁술을 버렸다면 그런 사람을 이 나라 최고의 궁사라 할 순 없겠지. 그래서 내가 여태 방방곡곡을 헤매고 다닌 거야. 진에게 도전해서 이제는 그에게 어울리지 않는 명성에 종지부를 찍으려고."

소년은 말로 따져봐야 소용없겠다는 생각이 들었다. 가장 좋은 방법은 이 이방인을 진에게 데려가 착각이었음을 스스로 깨닫게 하는 것이었다.

진은 집 뒤편 목공 작업실에 있었다. 그는 누가 찾아왔는지 돌아보았고, 이방인이 멘 기다란 가방에 눈길이 닿는 순간 미소를 띠었던 그의 얼굴이 딱딱하게 굳어졌다.

"선생님이 생각하시는 게 맞습니다." 진을 찾아온 이방인이 말했다. "저는 전설이 된 분을 모욕하거나 자극하기 위해 여기 온 것이 아닙니다. 그저 제가 오랜 수련 끝에 완벽의 경지에 이르렀음을 스스로 증명하고 싶을 뿐입니다."

진은 하던 일을 계속하려는 듯 돌아섰다. 그는 탁자에 다리를 달던 중이었다.

"선생님처럼 한 세대 전체에 본보기가 되었던 분이 그렇게 간단히 사라져버릴 순 없습니다." 이방인이 말을 이어갔다. "저는 선생님의 가르침을 따랐고 궁도를 받들기 위해 노력해왔으니, 선생님에게 제 궁술을 선보일 자격이 있습니다. 활을 쏘는 제 모습을 지켜봐주시면, 저는 바로 떠나겠습니다. 그리고 가장 위대한 명궁이 어디에 계신지 앞으로 아무에게도 말하지 않겠습니다."

이방인이 가방에서 바니시를 바른 긴 대나무 활을 꺼냈다. 중심에서 살짝 아래에 줌통*이 있었다. 그는 진에게 절하고 뜰로 나가더니 어느 한 지점을 향해 또 한번 절을 했다. 그런 다음 독수리 깃털이 달린 화살을 하나 꺼내고 두 다리를 가볍게 벌리고 단단히 서서 안정된 발시發矢 자세를 취한 후, 한 손으로는 활을 얼굴 앞으로 들어올리고 다른 손으로는 화살을 시위에 걸었다.

소년은 기쁨과 경이로움이 뒤섞인 눈빛으로 바라보았다. 진은 하던 일을 멈추고 호기심어린 표정으로 이방인을 주시했다.

이방인이 화살을 시위에 건 채 활을 가슴 높이로 올렸다. 이어 활을 머리 위로 들어올렸다가 천천히 내리며 시위를 당기기 시작했다.

활이 얼굴 높이에 왔을 때 시위는 완전히 당겨졌다. 영원할 것만 같은 어느 한순간, 궁사와 활은 미동도 하지 않았다. 소년은 화살이 겨눈 지점을 바라보았지만 아무것도 보이지

* 활의 손잡이 부분.

20

않았다.

일순간 시위를 잡고 있던 손이 펼쳐지며 뒤로 물러나고, 다른 손에 쥐었던 활이 우아한 포물선을 그렸다. 화살은 시야에서 사라졌다가 저 멀리서 다시 나타났다.

"가서 화살을 가져오너라." 진이 말했다.

소년이 화살을 가지고 돌아왔다. 화살은 체리 열매를 관통한 채 40미터 거리의 바닥에 떨어져 있었다.

진이 궁사에게 절을 하고 작업실 구석으로 가서 완만한 곡선을 이루는 가느다란 나무 막대 같은 것을 집어들었다. 막대는 긴 가죽띠에 싸여 있었다. 그가 천천히 가죽띠를 풀자 이방인의 활과 비슷하나 훨씬 더 때가 탄 듯한 활이 나왔다.

"내겐 화살이 없으니 당신에게 하나 빌려야겠습니다. 이제 당신이 청한 대로 하겠으니, 당신도 약속을 꼭 지켜주셔야 합니다. 절대 내가 사는 마을의 이름을 밝히지 말아주십시오. 누군가 내 소식을 물으면, 땅끝까지 나를 찾아갔었으나, 뱀에 물려 이틀 만에 죽었다는 말만 들었다고 하세요."

이방인이 고개를 끄덕이고 자기 화살 하나를 건넸다.

진은 긴 대나무 활 한쪽 끝을 벽에 대고 세게 내리눌러 활시위를 걸었다. 그러더니 아무 말 없이 산을 향해 걷기 시작했다.

이방인과 소년도 길을 따랐다. 한 시간 남짓 걸어 그들은 양쪽 절벽 사이로 커다란 강이 세차게 흐르는 낭떠러지 앞에 도착했다. 맞은편으로 건너갈 수 있는 유일한 수단은 밧줄이 닳고 해져서 금방이라도 끊어질 듯한 흔들다리뿐이었다.

진은 불길하게 출렁거리는 다리 한가운데로 침착하게 걸어갔다. 그는 맞은편 어딘가를 향해 절을 한 후, 이방인이 한 대로 화살을 시위에 걸고 머리 위로 들어올렸다가 가슴께로 내려 쏘았다.

소년과 이방인은 20미터 떨어진 데서 잘 익은 복숭아를 관통한 화살을 발견했다.

"당신은 체리를 명중시켰고, 나는 복숭아를 명중시켰습니다." 진이 안전한 바위 위로 돌아와 말했다. "체리는 더 작지요. 당신은 40미터 거리에서 쐈지만 난 그 절반 거리에서 쐈습니다. 그러니 당신도 방금 내가 한 대로 할 수 있을 겁니다. 이제 다리 한가운데로 가서 똑같이 해보세요."

겁에 질린 이방인은 닳아빠진 다리 가운데로 갔다가 발밑의 까마득한 낭떠러지를 보고 그대로 얼어붙었다. 그는 아까와 똑같은 자세와 동작으로 복숭아나무를 향해 화살을 날렸으나 멀리 빗나갔다.

바위 위로 돌아온 그의 낯빛은 죽은 사람처럼 창백했다.

"당신은 실력과 기품과 좋은 자세를 모두 갖췄습니다." 진이 말했다. "활쏘기 기술에 능통하고 활을 다룰 줄도 알지만 정신을 다스리는 법은 익히지 못했군요. 모든 상황이 순조로울 때는 잘 쏘지만 곤란한 상황에서는 표적을 맞히지 못합니다. 궁사가 언제나 전장을 택할 수는 없습니다. 그러니 다시 수련을 시작해 곤란한 상황에도 대비하십시오. 계속 궁도에 매진하세요. 그것은 평생에 걸쳐 가야 할 길이니까요. 화살을 정확하게 잘 쏘는 것과 영혼의 평정을 유지하고 쏘는 것은 매우 다르다는 점을 기억하십시오."

이방인은 다시 한번 깊숙이 절한 뒤 어깨에 멘 기다란 가방에 활과 화살을 챙겨 떠나갔다.

돌아오는 길에 소년은 의기양양했다.

"본때를 보여주셨네요! 아저씨는 정말 최고예요!"

"다른 사람을 판단하기 전에 먼저 그의 말을 귀기울여 듣고 존중하는 법을 배워야 한단다. 그 이방인은 좋은 사람이야. 날 모욕하거나 자신이 나보다 우월하다는 걸 증명하려던 게 아니란다. 그런 인상을 풍겼을 수도 있지만 말이야. 내게 도전하는 것 같아 보였을지도 모르지만, 그는 그저 자기 기예를 보여주고 인정받고 싶었던 거야. 게다가 궁도의 길을 걷다보면 예상치 못한 시험과 마주치게 되는데, 오늘 그 이방인이 내게 바로 그런 계기를 마련해주었단다."

"그 사람은 아저씨가 명궁 중에서도 최고라고 했는데 저는 아저씨가 활쏘기 명인이라는 사실조차 알지 못했어요. 그런데 왜 목수 일을 하시는 거예요?"

"궁도는 세상 모든 것에 적용할 수 있고, 내 꿈은 나무를 다루는 일이거든. 그리고 궁도를 따르는 궁사에게 반드시 활이나 화살이나 표적이 필요한 건 아니란다."

"이 마을에선 재미있는 일이라곤 하나도 없었는데, 별안간 제 앞에 이제 아무도 관심을 두지 않는 기예의 명인이 계시네요." 소년이 눈을 반짝이며 말했다. "궁도가 뭐예요? 제게 가르쳐주실 수 있나요?"

"가르치는 건 어렵지 않아. 마을로 돌아가는 한 시간 안에도 가르쳐줄 수 있단다. 어려운 건, 충분히 정확하게 터득할 때까지 날마다 연습하는 일이지."

소년의 눈은 그가 "좋다"고 말해주기를 간청하는 듯했다. 진은 십오 분 가까이 말없이 걸었고, 다시 입을 열었을 때 그의 목소리는 전보다 훨씬 젊어진 듯했다.

"오늘은 마음이 흡족하구나. 오래전 내 생명을 구해주신 분의 말씀을 다시금 기리게 되었으니 말이다. 그러니 네게 필수 규칙들은 가르쳐주겠다만, 그 이상은 해줄 수 없어. 앞으로 내 말을 이해한다면 그 가르침을 네 나름대로 응용할 수 있을 거야. 자, 조금 전 넌 나를 명인이라고 불렀지. 명인이 무엇이라 생각하지? 내 생각에 명인이란 무언가를 가르치는 사람이 아니라, 이미 영혼에 잠재되어 있는 지식을 제자가 최선을 다해 스스로 발견해나가도록 격려하는 사람인 것 같구나."

그렇게 함께 산에서 내려오는 동안 진은 궁도에 대해 설명을 이어갔다.

동료

다른 이들과 활과 화살의 기쁨을 나누지 않는 궁사는 자신의 장점과 결점을 결코 알지 못한다.

그러므로 무엇이든 시작하기 전에 동료를 찾아라. 동료는 네가 하는 일에 관심을 갖는 사람이다.

'다른 궁사를 찾으라'는 말이 아니다. 다른 능력을 갖춘 사람을 찾으라는 뜻이다. 열정을 품고 추구하는 길은 모두 궁도와 통하기 때문이다.

동료가 꼭 모든 이들이 우러러보며 "저 사람이 최고야"라고 말하는 눈부신 인물일 필요는 없다. 오히려 실수를 두려워하지 않고, 그래서 때때로 실수를 저지르기도 하는 사람들이 동료가 될 수 있다. 그들은 실수로 인해 종종 노력의 진가를 인정받지 못하기도 한다. 하지만 바로 그런 사람들이 세상을 변화시키고, 수많은 실수 끝에 마침내 공동체에 진정한 변화를 가져올 과업을 이루어낸다.

그들은 무슨 일이 일어나기를 그저 가만히 기다리다가 앞으로 어떤 태도를 취할지 결정하는 사람들이 아니다. 그들은 위험을 감수하더라도 스스로 결정을 내리고 그에 따라 행동한다.

궁사에게는 그런 이들과 함께하는 삶이 중요하다. 표적을 마주하기에 앞서, 활을 가슴 높이로 들어올리며 언제든 자유롭게 방향을 바꿀 수 있어야 한다는 사실을 깨달을 필요가 있기 때문이다. 손을 펼쳐 시위를 놓으며 궁사는 스스로 이렇게 말해야 한다. "나는 활시위를 팽팽히 당기며 머나먼 길을 지나왔다. 지금껏 위험을 무릅써야 할 때 피하지 않고 내 모든 것을 쏟았으니 이제 이 화살을 쏘겠다."

최고의 동료는 다른 이들과 똑같이 생각하지 않는 사람들이다. 그러니 궁술에 대한 열정을 함께 나눌 벗을 찾을 때는 직관을 믿되 타인의 말에 흔들리지 말아라. 사람들은 항상 자신의 한계를 기준삼아 타인을 판단하고, 그들의 의견은 편견과 두려움으로 가득차 있을 때가 많다.

새로운 일을 시도하고, 위험을 무릅쓰고, 넘어지고, 상처
받고, 그러고도 더 많은 위험을 무릅쓰는 사람들과 어울려
라. 진실을 단언하고 자신과 생각이 다른 이들을 비난하는
사람들, 존경을 얻으리라는 확신 없이는 한 발짝도 행동으로
옮기지 않는 사람들, 의문보다 확실성을 더 좋아하는 사람들
을 멀리하라.

　마음이 활짝 열린 사람들, 자신의 약점이 드러나는 걸 두
려워하지 않는 사람들과 어울려라. 그들은 친구들이 하는 일
을 판단 없이 바라보고 그들의 헌신과 용기를 칭송할 수 있
어야만 비로소 자신도 발전할 수 있음을 안다.

궁술이 제빵사나 농부 같은 이들에게는 전혀 관심사가 아닐 거라는 생각이 들 수도 있다. 하지만 장담하건대, 그들은 관찰한 모든 것을 자신의 일에 적용할 것이다. 너도 그래야 한다. 훌륭한 제빵사에게서 손을 잘 쓰는 법과 재료를 적확히 배합하는 법을 배워라. 농부에게서는 인내하고 땀흘려 일하며 계절에 순응하고 폭풍우 앞에 불평불만을 쏟아내지 않는 태도를 배워라. 폭풍우를 탓해봐야 시간 낭비일 뿐이니까.

활을 만든 나무처럼 유연하고 길 위의 신호들을 이해할 수 있는 사람들과 어울려라. 넘어설 수 없는 장벽을 만나거나 더 나은 기회를 포착하면 주저 없이 방향을 바꿀 줄 아는 사람들 말이다. 그들은 물과 같은 속성을 지녔다. 바위를 돌아 흐르고, 강물의 흐름에 몸을 맡기고, 때로는 텅 빈 구덩이가 가득차도록 호수를 이루었다가, 넘치면 다시 흘러간다. 물은 제가 가야 할 곳이 바다임을, 언젠가는 바다에 닿아야 함을 절대 잊지 않기 때문이다.

"이제 끝이야. 여기서 멈출 거야"라고 말하는 사람들을 경계해라. 겨울 뒤에 반드시 봄이 이어지듯, 어떤 일에도 완전한 끝은 없기 때문이다. 목표에 이르고 난 후에는 반드시 그동안 습득한 모든 것을 활용해 다시 시작해야 한다.

노래하고, 이야기하고, 삶을 예찬하며, 눈에 기쁨이 깃든 사람들과 어울려라. 기쁨은 전염성이 있어 다른 이들이 우울과 고독과 고난에 마비되지 않게 해준다.

맡은 일을 열정적으로 해내는 사람들과 어울려라. 그들이 네게 도움이 되는 만큼 너도 그들에게 도움이 될 수 있다. 그러니 그들의 도구가 무엇이고 그들이 어떤 방식으로 기술을 향상시키는지 이해하려고 노력해라.

자, 이제 너의 활과 화살과 표적, 그리고 너의 길에 대해 알아갈 때가 되었다.

활

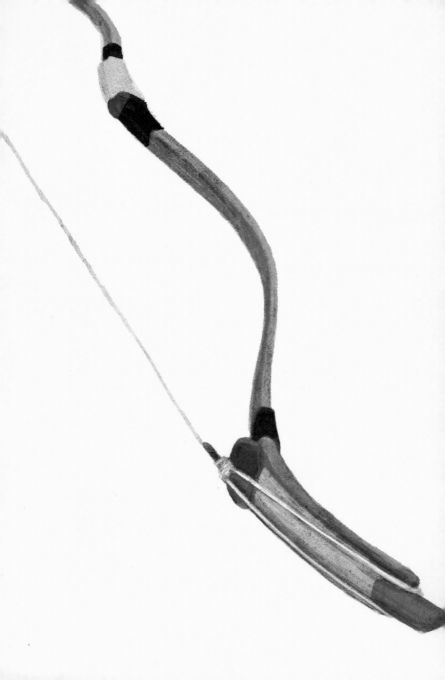

활은 생명, 모든 활력의 근원이다.

화살은 언젠가 네 손을 떠난다.

표적은 멀리 있다.

하지만 활은 늘 네가 곁에 두고 있을 테니, 활을 관리하는 법을 알아야 한다.

활은 얼마간 무위無爲의 시간이 필요하다. 늘 팽팽하게 긴장해 있는 활은 힘을 잃는다. 활을 가만히 놓아두어 견고함을 회복할 여유를 주어야 한다. 그러면 네가 마침내 시위를 당길 때 활은 흡족한 듯 온전히 그 힘을 발휘할 것이다.

활에는 본연의 의식이 없다. 활은 궁사의 손과 욕망의 연장延長이며, 살상에도, 명상에도 쓰일 수 있다. 그러므로 항상 네 의도를 명확히 인식해야 한다.

활은 유연하지만 유연함에는 한계가 있다. 한계치를 넘도록 당기면 활이 부러지거나 궁사의 손이 피로해진다. 그러므로 너의 도구와 조화를 이루도록 노력하되 도구의 능력치 이상을 바라서는 안 된다.

    활은 궁사의 손에서 느슨해지기도 하고 바짝 당겨지기도 하는데, 손은 그저 온몸의 근육과 궁사의 의도와 활쏘기의 노력이 모두 한데 집중되는 지점에 불과하다. 그러므로 시위를 당기며 우아한 자세를 유지하려면 각각의 부분에 꼭 필요한 만큼의 힘을 들여 기력을 낭비하지 않아야 한다. 그렇게 하면 지치지 않고 많은 화살을 쏠 수 있다.

    활을 이해하기 위해서는 활이 네 팔의 일부이자 사유의 연장이 되어야 한다.

화살

화살은 의도다.

화살은 활의 힘을 표적의 정중앙에 전달한다.

의도는 명료하고 올곧고 균형 잡혀 있어야 한다.

한번 떠난 화살은 돌아오지 않는다. 따라서 발시에 이르기까지의 동작이 올바르지 않고 부정확했다면, 시위가 완전히 당겨졌고 표적이 앞에 있다는 이유로 아무렇게나 쏘기보다는 중간에 동작을 멈추는 편이 낫다.

하지만 단지 실수가 두려워 경직될 때는 망설이지 말고 쏴라. 올바른 동작을 취했다면 손을 펼치고 시위를 놓아라. 화살이 표적을 빗나가더라도 다음번에 더 잘 조준할 수 있는 법을 배울 것이다.

위험을 무릅쓰지 않는다면 어떤 변화가 필요한지 결코 알수 없다.

화살 하나하나가 마음에 기억을 남기고, 그 기억들이 합쳐지면서 너는 점점 더 활을 잘 쏠 수 있게 될 것이다.

표적

표적은 가닿아야 하는 목적이다.

표적을 선택하는 이는 궁사다. 하지만 표적은 늘 멀리 떨어져 있고, 화살이 빗나가더라도 절대로 표적을 탓할 수는 없다. 여기에 궁도의 아름다움이 있다. 상대가 더 강했기 때문이라고 자신을 변명할 수 없다는 것.

네 표적은 너 스스로 선택했으니 그 책임도 너에게 있다.

표적은 클 수도 작을 수도 있고, 오른쪽에 있을 수도 왼쪽에 있을 수도 있다. 다만 너는 표적 앞에 서서 언제나 겸손한 마음으로 거리를 좁혀야 한다. 표적이 화살 끝에 아주 가까이 닿은 듯 느껴질 때 비로소 활시위를 놓아야 한다.

표적을 적으로 여긴다면 명중시킬 수는 있어도 네 내면은 아무것도 나아지지 않는다. 너는 그저 종이나 나무로 된 표적 한가운데에 화살을 꽂으려고 애쓰며 살아가게 될 테고, 그건 매우 헛된 짓이다. 게다가 다른 사람들과 함께 있을 때도 도무지 재미있는 일이 없다고 불평하며 시간을 낭비할 것이다.

따라서 표적을 직접 선택하고, 명중시키기 위해 최선을 다하며, 항상 겸손한 마음으로 스스로 존엄을 잃지 않고 바라보아라. 표적이 네게 어떤 의미인지, 얼마만큼의 노력과 수련과 직관이 필요한지 알아야 한다.

표적을 바라볼 때는 표적 자체에만 집중하지 말고 주변의 모든 것에 집중해라. 화살은 한번 시위를 떠나면 바람, 무게, 거리와 같은 네가 미처 고려하지 못한 요소들을 만나게 되기 때문이다.

표적을 이해해야 한다. 끊임없이 자문할 필요가 있다. '내가 만약 표적이라면, 나는 어디쯤에 있는가? 궁사에게 마땅한 영예를 안겨주기 위해 화살에 맞는다면 어떨까?'

궁사가 존재해야 표적도 존재한다. 표적을 맞히려는 궁사의 욕망이 표적의 의미를 만든다. 표적을 맞히려는 궁사의 욕망이 없다면 표적은 생명 없는 물체, 하찮은 종잇조각이나 나뭇조각에 불과할 것이다.

화살이 표적을 찾듯 표적도 화살을 찾는다. 표적은 화살이 있어야 존재 의미가 생기기 때문이다. 이때 비로소 표적은 궁사에게 하찮은 종잇조각을 넘어 세상의 중심이 된다.

자세

활과 화살과 표적을 이해하고 나면, 활 쏘는 법을 배우는 데 필요한 평정과 우아함을 갖춰야 한다.

평정은 마음에서 나온다. 마음은 비록 불안에 시달릴 때도 많지만 올바른 자세를 취해야 최상의 상태를 유지할 수 있다는 사실 또한 알고 있다.

우아함이란 단지 겉모습이 아니라, 인간이 자신의 삶과 일에 경의를 표하는 방식이다. 가끔 불편하게 느껴지더라도 자세가 잘못되었다거나 인위적이라고 생각하지 말아라. 힘이 들기에 참된 것이다. 궁사의 존엄한 자세가 표적에 대한 경의를 보여준다.

우아함은 가장 편안한 자세가 아니라 완벽하게 활을 쏘기 위한 최적의 자세에서 온다.

우아함은 군더더기가 모두 사라지고 궁사가 간결함과 집
중에 이르렀을 때 나타난다. 자세는 간결하고 절제될수록 아
름답다.

  눈이 아름다운 이유는 하나의 빛깔을 가졌기 때문이고, 바
다가 아름다운 이유는 완전히 편평해 보이기 때문이다. 하지
만 바다도 눈도 그 속은 깊고 스스로 제 본성을 알고 있다.

화살을 잡는 법

화살을 잡는 행위는 자신의 의도와 마주하는 것이다.

화살을 끝에서 끝까지 잘 살펴봐야 한다. 화살이 올바른 궤적을 그리며 날아가도록 보조하는 궁깃이 잘 붙어 있는지, 화살촉은 뾰족한지 확인해라.

화살이 곧은지, 이전에 쏘면서 구부러지거나 망가진 데는 없는지 확인해라.

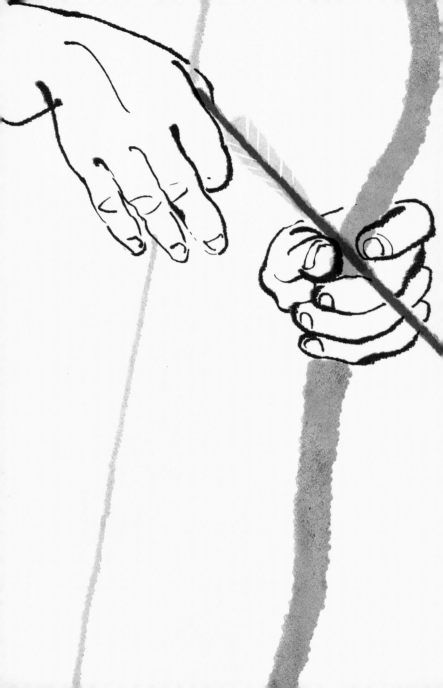

화살은 모양이 단순하고 가벼워서 약해 보일 수도 있지만, 힘있는 궁사라면 제 몸과 마음의 에너지를 화살에 실어 멀리까지 전달할 수 있다. 화살 하나가 큰 배를 침몰시킨 전설도 있다. 궁사가 목재 배의 가장 취약한 부분을 파악하고 그곳에 화살로 구멍을 뚫어 배 안으로 물이 고요히 흘러들게 함으로써 그의 마을을 노리던 침략자들을 막아냈다.

화살은 궁사의 손을 떠나 표적을 향해 나아가는 그의 의도다. 따라서 화살은 자유롭게 날아가면서도 쏘아질 때 궁사가 선택한 길을 따르게 된다.

바람이나 중력의 영향을 받겠지만, 그 또한 화살길의 일부다. 폭풍에 날려 나무에서 떨어져나오더라도 나뭇잎은 여전히 나뭇잎이다.

의도는 완전하고 올곧고 예리하고 단호하고 정밀해야 한다. 그 의도가 운명을 향해 날아가는 동안에는 무엇으로도 막을 수 없다.

활을 잡는 법

평정을 유지하고 숨을 깊이 쉬어라.

동료들이 네 움직임 하나하나를 주시하다가 필요한 순간 도움을 줄 것이다.

하지만 상대 역시 너를 지켜보고 있으며, 네 손이 안정적일 때와 떨릴 때의 차이를 그가 알고 있다는 사실을 잊지 말아라. 그러므로 긴장이 될 때는 숨을 깊이 쉬어라. 심호흡은 활쏘기의 모든 단계에서 집중에 도움이 된다.

활을 잡아 가슴 앞으로 우아하게 들어올리는 순간, 발시에
이르기까지의 모든 준비 단계를 머릿속에 떠올려라.

하지만 준비 단계를 떠올리며 긴장하지 말아라. 모든 규칙을 기억하기란 불가능하기 때문이다. 평온한 마음으로 매 준비 단계를 되짚어보면 지금껏 가장 힘들었던 순간과 그 순간을 극복해낸 방법이 떠오를 것이다.

그러면 자신감이 생기고 손의 떨림도 멈출 것이다.

활시위를 당기는 법

활은 일종의 악기이며 그 소리는 줄을 통해 표현된다.

활시위가 길다 하더라도 화살을 거는 부분은 작은 한 점일 뿐이고, 따라서 궁사는 자신의 모든 지식과 경험을 그 한 점에 집중시켜야 한다.

궁사의 몸이 오른쪽이나 왼쪽으로 살짝 기울었다면, 혹은 화살을 기준보다 위나 아래에 건다면, 화살은 절대로 표적에 명중할 수 없다.

그러므로 활시위를 당길 때는 악기를 다루는 연주자가 되었다고 생각해라. 음악에서는 공간보다 시간이 더 중요하다. 오선 위에 늘어선 음표들은 그 자체로는 아무 의미가 없지만, 음표를 읽을 수 있는 사람은 그 선 위의 음표들을 소리와 리듬으로 만들어낸다.

궁사가 있기에 표적이 존재하듯, 화살이 있기에 활이 존재한다. 화살은 손으로도 던질 수 있지만 화살이 없는 활은 아무런 쓸모가 없다.

그러므로 활을 잡고 한 팔을 뒤로 당기면서 활시위를 켕기고 있다고 생각하지 말아라. 화살을 흔들림 없는 중심이라 여기고, 활과 활시위의 양끝을 가까워지게 만든다고 생각해라. 활시위를 섬세하게 어루만지며 네 손길에 따르도록 이끌어라.

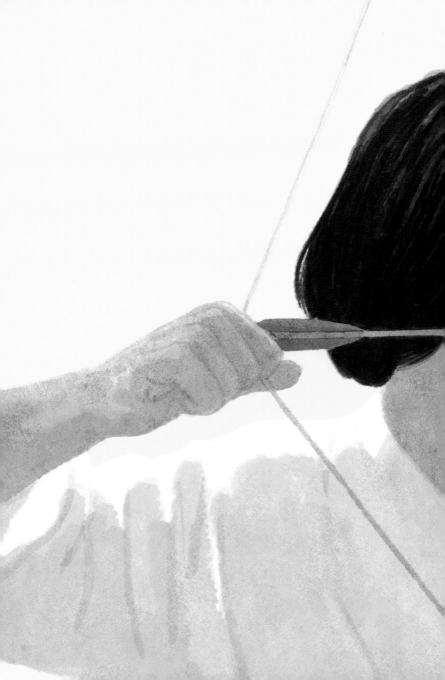

표적을 보는 법

궁술을 오랫동안 연마했는데도 여전히 불안으로 가슴이 두근대고, 손이 떨리고, 표적을 맞히지 못한다며 불평하는 궁사들이 많다. 그런 이들은 활이나 화살로는 아무것도 변화시킬 수 없고, 궁술이 그들의 결점만 부각시킬 뿐이라는 사실을 이해해야 한다.

　삶에 대한 사랑이 다한 날에는 조준이 불안정하고 어려울 것이다. 활시위를 끝까지 당길 힘이 부족해 활을 충분히 구부리지 못할 수도 있다.

어느 아침, 정확한 조준이 어렵다고 느껴지면, 너는 부정확함의 원인을 찾으려 할 테고, 그러다 지금껏 너를 괴롭혀왔으나 드러나지 않았던 문제에 맞닥뜨리게 될 것이다.

정반대의 일이 일어나기도 한다. 화살이 적중하고, 활시위가 악기처럼 소리를 내고 사방에서 새들이 노래한다. 그런 날에 너는 스스로 전력을 다하고 있음을 깨닫는다.

결과가 좋든 좋지 않든 그날 아침의 활쏘기에 너무 휘둘려서는 안 된다. 앞으로 수많은 날이 남아 있고, 각각의 화살은 그 자체로 하나의 삶이다.

잘하지 못한 날들을 교훈삼아 네가 흔들린 이유를 알아내라. 잘한 날들을 거울삼아 내면의 평온으로 이르는 길을 찾아라.

하지만 두려워서든 즐거워서든 정진을 멈춰서는 안 된다. 궁도에는 끝이 없기 때문이다.

발시의 순간

발시에는 두 종류가 있다.

첫번째는 조준은 정확하나 혼신을 기울이지 않고 쏘는 경우다. 이 경우, 궁사는 기술적으로 매우 뛰어나지만 오로지 표적에만 집중하기 때문에 전혀 발전하지 못하고 그저 같은 동작을 반복하며 제자리걸음만 하다가 어느 날 모든 것이 틀에 박힌 과정이 되었다고 느껴 궁도를 버린다.

두번째는 혼신을 기울여 쏘는 경우다. 궁사의 의도가 날아가는 화살이 되어 나타날 때, 궁사는 적절한 순간에 손을 펼쳐 줄을 놓고, 활시위에서 나는 소리는 새들을 노래하게 하며, 무언가를 멀리 쏘아 보내는 동작은 역설적이게도 궁사 자신에게 돌아와 자아를 마주하게 한다.

이제 너는 활을 당기고, 올바로 호흡하고, 표적에 집중하고, 의도를 명확히 파악하고, 우아한 자세를 유지하고, 표적 앞에서 겸손하기 위해 어떤 노력을 기울여야 하는지 알게 되었다. 하지만 세상 무엇도 우리 곁에 오래 머물지 않는다는 사실 역시 알아야 한다. 때가 되면 네 손을 펼쳐 네 의도가 제 운명을 따라가도록 놓아주어야 한다.

그러므로 우아한 자세와 정확한 의도를 갖추기까지의 과
정이 아무리 즐겁더라도, 궁깃과 살촉과 화살의 형태가 아
무리 감탄스럽더라도, 언젠가는 화살을 네 손에서 떠나보내
야 한다.

하지만 준비가 제대로 되지 않았다면 화살을 쏘아서는 안
된다. 준비 없이 쏜 화살은 멀리 날아가지 못하기 때문이다.

정확한 자세와 집중의 순간이 지나버린 후에 화살을 쏘아
서도 안 된다. 계속 그 상태를 유지하기 어렵고 손이 떨리기
시작하기 때문이다.

　　화살은 활과 궁사, 표적이 우주의 같은 지점에 모이는 순
간 떠나야 한다. 이를 영감이라고 부른다.

반복

동작은 동사動詞가 형태를 갖춘 것이다. 다시 말해, 행동은 겉으로 표현된 생각이다.

사소한 동작이 자신을 드러내므로, 모든 것을 가다듬고 세심한 부분까지 고려하고 직관이 될 때까지 기술을 연마해야 한다. 직관은 틀에 박힌 과정과는 전혀 관련이 없고 기술을 초월한 정신 상태에 관한 것이다.

그러므로 많은 연습을 거치고 나면 필요한 동작을 하나나 생각하지 않아도 동작은 우리 존재의 일부가 된다. 하지만 이런 경지에 이르기 위해서는 연습과 반복이 필수다.

충분하지 않다고 느껴지면 언제든 또다시 반복하고 연습해라.

숙련된 대장장이가 쇠를 다루는 모습을 보아라. 미숙한 사람의 눈에는 그가 늘 똑같은 망치질만 반복하는 듯 보일 것이다.

　하지만 궁도를 아는 사람이라면 그가 매번 다른 강도로 망치를 내려친다는 사실을 안다. 그의 손은 똑같은 동작을 반복하지만, 망치가 쇠붙이에 가까워질수록 더 강하게 쳐야 하는지 혹은 약하게 쳐야 하는지 안다.

반복도 마찬가지다. 항상 비슷해 보여도 매번 다르다.

　풍차를 보아라. 풍차의 날개는 같은 속도로 돌아가며 언제나 같은 동작을 반복하는 듯 보인다.

　하지만 풍차에 대해 잘 아는 사람들은 풍차의 날개가 바람에 따라 움직이며 필요에 따라 방향을 바꾼다는 사실을 안다.

대장장이의 손은 망치질을 수천 번 반복하며 숙련되었다.
풍차의 날개는 수없이 바람을 맞고 기어를 매끄럽게 길들여
야 빠르게 돌아갈 수 있게 된다.

궁사는 목표 지점으로부터 멀리 떨어진 곳으로 화살을 수없이 날려 보낸다. 실수를 두려워하지 않고 같은 동작을 수천 번 반복해야 활과 자세, 활시위, 표적의 중요성을 배울 수 있음을 알기 때문이다.

그리고 진정한 동료라면 절대 그를 비난하지 않을 것이다. 동료는 훈련이 꼭 필요하고 오로지 그 과정을 통해서만 직관과 활쏘기를 연마할 수 있음을 알기 때문이다.

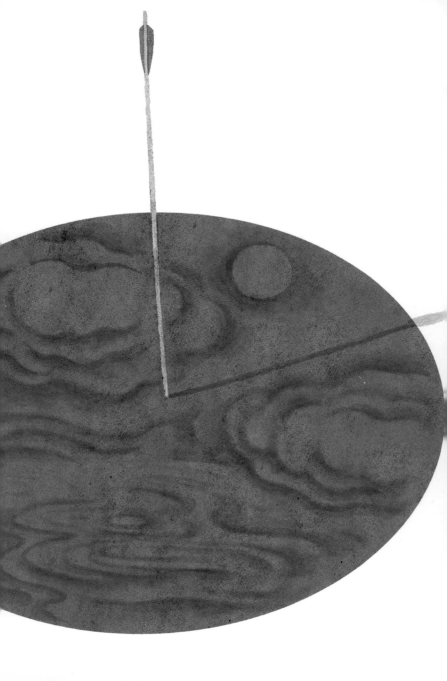

그리고 숱한 훈련 끝에 마침내 자신의 행동을 의식하지 않아도 되는 순간이 온다. 그때부터 궁사는 스스로 자신의 활과 화살, 표적이 된다.

날아가는 화살을 주시하는 법

화살을 쏘고 나면, 궁사는 표적을 향해 날아가는 화살의 궤적을 눈으로 좇을 뿐 달리 할 수 있는 일이 없다. 그 순간부터는 활쏘기에 필요했던 긴장을 남겨둘 이유가 없다.

　　그래서 궁사는 날아가는 화살을 주시하면서 마음을 놓고 미소를 짓는다.

활시위를 놓은 손은 뒤로 물러나고 활을 든 손은 앞으로 펼쳐진다. 궁사는 양팔을 넓게 벌리고 가슴을 쫙 편 채 동료는 물론 상대와 시선을 마주해야 한다.

궁사가 충분히 훈련을 하고, 직관을 키우고, 활쏘기 과정 내내 우아함과 집중을 유지했다면, 그 순간 그는 우주의 존재를 느끼고 자신의 행동이 정당하고 가치 있음을 알게 될 것이다.

기술을 연마하면 양손이 숙련되고, 호흡이 정확해지며, 표적을 주시할 수 있게 된다. 직관을 연마하면 활쏘기에 완벽한 순간을 찾을 수 있다.

누군가 지나가다가 양팔을 벌린 채 눈으로 화살을 좇는 궁사를 본다면 그가 정지 상태에 있다고 생각할 것이다. 하지만 그의 동료는 활을 쏜 이의 정신이 다른 차원으로 향했음을, 이제 그가 온 우주와 교감하고 있다는 것을 안다.

그동안 그는 정신 활동을 계속하며 조금 전 활쏘기에서 얻을 수 있는 긍정적인 점을 모두 익힌다. 실수가 있었다면 바로잡고, 장점들은 받아들이며, 표적에 화살이 맞을 때 어떻게 되는지 가만히 지켜본다.

궁사는 활시위를 당기며 자신의 활을 통해 온 세상을 볼 수 있다.

궁사가 날아가는 화살을 눈으로 좇을 때, 세상은 그에게 점점 다가와 그를 어루만지고 완벽한 성취감을 안긴다.

쏘아 보낸 화살은 제각각 다른 모양으로 날아간다. 천 발의 화살을 쏘면 천 발 모두 다른 궤적을 그린다. 그것이 바로 활의 길, 궁도다.

활과 화살과 표적이 없는 궁사

궁도의 규칙을 모두 잊고 전적으로 직관에 따라 행동할 때 궁사는 진정한 깨우침을 얻는다. 하지만 규칙을 잊을 수 있으려면 먼저 그 규칙을 인지하고 존중할 줄 알아야 한다.

그 단계에 이르면 배움의 과정에 필요했던 도구는 더이상 필요하지 않다. 활과 화살과 표적은 이제 필요하지 않다. 그 길에 이르게 한 수단보다는 길 자체가 더 중요하기 때문이다.

글 읽기를 배우는 학생의 경우도 마찬가지다. 어느 순간 학생은 글자 하나하나에서 벗어나 그 글자들이 만드는 단어를 읽어내는 경지에 이른다.

하지만 단어들이 한데 붙어 있다면 아무런 의미가 없거나 이해하기가 무척 어려워질 것이다. 따라서 단어 사이에는 공간이 있어야 한다.

하나의 행동과 다음 행동 사이에 궁사는 자신이 해온 모든 것을 기억해야 한다. 동료들과 이야기를 나누고, 휴식을 취하고, 살아 있다는 사실에 만족해라.

궁도는 기쁨과 열정의 길, 완벽함과 실수의 길, 기술과 직관의 길이다.

하지만 계속해서 화살을 쏘아야만 이 모든 것을 깨우치게 될 것이다.

에필로그

진의 이야기가 끝나갈 무렵 두 사람은 어느새 작업실 앞에 와 있었다.

"함께 와줘서 고맙구나." 그가 소년에게 말했다.

하지만 소년은 자리를 뜨지 않았다.

"제가 잘하고 있는지 스스로 어떻게 알 수 있나요? 표적을 볼 때 집중하고 있는지, 자세가 우아한지, 또 활을 제대로 잡고 있는지 어떻게 확신할 수 있죠?"

"항상 네 곁에 있는 완벽한 명인을 떠올리며, 그를 공경하고 그의 가르침을 받들기 위해 무엇이든 하거라. 많은 이들이 신이라 부르고, 어떤 이들은 '그것'이라 부르고, 또 어떤 이들은 '재능'이라고도 부르는 그 존재는 항상 우리를 지켜보고 있단다.

그를 위해 최선을 다해야지.

동료들도 기억해야 해. 도움이 필요한 순간에 그들이 네게 힘이 되어줄 테니, 너도 그들에게 힘이 되어야 한다. 친절함이라는 자질을 키우도록 노력하거라. 이 자질을 통해 넌 언제나 마음의 평안을 느낄 수 있을 거야. 하지만 무엇보다, 내가 지금까지 한 말이 감명깊었더라도 너 스스로 직접 경험해야만 진정한 의미가 된다는 걸 잊지 말거라."

진이 잘 가라는 의미로 손을 내밀었지만 소년은 또다시 물었다.

"한 가지만 더요. 아저씨는 활쏘기를 어떻게 배우게 되셨어요?"

진은 잠시 생각에 잠겼다. 해줄 만한 가치가 있는 이야기일까? 하지만 오늘은 특별한 날이었으므로 그는 작업실 문을 열면서 말했다.

"차를 좀 끓이고 이야기해주마. 하지만 너도 이방인과 똑같은 약속을 해줘야 해. 내 궁술에 대해 아무에게도 말하지 않겠다고."

궁사는 안으로 들어가 불을 켜고 활을 다시 기다란 가죽띠로 싸서 잘 보이지 않는 곳에 놓아두었다. 누군가 우연히 발견하더라도 흰 대나무 막대쯤으로 생각할 터였다. 그는 부엌으로 들어가 차를 끓인 후 소년과 함께 앉아 이야기하기 시작했다.

"나는 예전에 지역의 높은 분을 위해 일했단다. 그분의 마구간을 관리하는 일을 했지. 하지만 그분은 항상 집을 떠나 계셔서 나는 자유 시간이 아주 많았단다. 그래서 나는 당시 내가 삶의 진정한 이유라고 여기던 것에 몰두하기로 했어. 바로 술과 여자였다.

며칠 밤을 새우고 난 어느 날, 나는 갑자기 어지러움을 느끼고 들 한복판에 쓰러졌단다. 그때 난 곧 죽겠구나 싶어 모든 걸 내려놓았지. 그런데 한 번도 본 적 없는 낯선 남자가 우연히 그 길을 지나가다 나를 구해서 자기 집으로 데려갔어. 여기에선 아주 먼 곳이란다. 그리고 내가 다시 기운을 차릴 때까지 몇 달이나 나를 돌봐주었지. 건강을 회복하는 동안 나는 매일 아침 그분이 활과 화살을 들고 들판에 나가는 모습을 봤단다.

얼마 후 나는 몸이 좋아진 걸 느끼고 그분에게 궁술을 가

르쳐달라고 했다. 말을 돌보는 일보다 훨씬 재미있어 보였거든. 하지만 그분은 내게 죽음이 눈앞에 다가왔다고, 이제 죽음을 더는 물리칠 수 없다고 말씀하셨어. 내가 그동안 몸을 너무 망가뜨리며 살아와서 죽음이 아주 가까이 왔다고.

내가 궁술을 배운다 해도, 그저 잠시 죽음이 내게 이르지 못하게 할 수 있을 뿐이라고 하셨지. 바다 건너 아주 먼 나라 사람이, 궁술을 익히면 죽음의 나락으로 이르는 길을 잠시 피할 수 있다고 그분에게 알려주었대. 하지만 내 경우엔, 남은 삶 동안 그 심연의 가장자리를 따라 걷고 있으며, 언제라도 그 속으로 떨어질 수 있다는 걸 의식해야 한다고 하셨어.

그분이 내게 궁도를 가르쳐주셨다. 내게 자신의 동료들을 소개해주었고, 나를 시합에도 나가게 해주셨지. 그리고 머지 않아 내 명성이 온 나라에 퍼졌어.

그분은 내가 충분히 배웠다고 판단하시고는 내 화살과 표적을 치워버리고 활 하나만을 기념품으로 남겨주셨단다. 자신의 가르침을 바탕으로 내가 진정한 열정을 품을 수 있는 일을 하라고 말씀하셨어.

나는 내가 가장 좋아하는 일은 목공이라고 말했지. 그분은 내게 축복을 빌어주시며 궁사로서의 명성이 나를 파괴하고 다시 예전의 생활로 이끌기 전에 어서 그곳을 떠나 내가 가장 좋아하는 일에 매진하라고 하셨단다.

그로부터 나는 매 순간 나의 악습과 자기연민에 맞서 싸워왔다. 나는 집중과 평정을 유지하고, 내가 기꺼이 선택한 일을 하며, 현재의 순간에 절대 집착하지 않으려고 한단다. 죽음은 여전히 아주 가까이 있고 나는 내 바로 옆에 있는 심연의 가장자리를 걷고 있으니까."

죽음은 살아 있는 모든 존재 옆에 가까이 있다는 말을 진은 하지 않았다. 소년은 아직 어렸고, 그런 생각을 할 필요는 없었다.

궁도는 인간의 모든 활동에 스며 있다는 말도 진은 하지 않았다.

그는 아주 오래전 자신이 받은 것처럼 소년에게도 축복을 빌어주며 그만 가보라고 말했다. 긴 하루를 보내고 이제 잠에 들어야 했기 때문이다.

감사의 말

『궁술에 깃든 선사상*Zen in der Kunst des Bogenschießens*』을 집필한 오이겐 헤리겔에게 감사드립니다.

동료의 자질에 대해 설명해준 '사회적 기업가 정신을 위한 슈와브 재단'의 패멀라 하티건에게 감사드립니다.

오누마 선생과 함께 『궁도*Kyudo*』를 집필한 댄 데프로스페로와 재키 데프로스페로에게 감사드립니다.

나우알* 엘리아스와 죽음의 대면에 대한 이야기를 들려준 카를로스 카스타네다에게 감사드립니다.

---

* 메소아메리카문명을 중심으로 중남미 문화에서 숭배되는 신령. 주술사, 마법사를 이르는 말.

글 파울로 코엘료

전 세계 170개국 이상 83개 언어로 번역되어 3억 2천만 부가 넘는 판매고를 기록한 우리 시대 가장 사랑받는 작가. 1986년, 산티아고 데 콤포스텔라 순례에 감화되어 첫 작품『순례자』를 썼고, 이듬해 자아의 연금술을 신비롭게 그려낸『연금술사』로 세계적 작가의 반열에 올랐다. 이후『브리다』『베로니카, 죽기로 결심하다』『피에트라 강가에서 나는 울었네』『악마와 미스 프랭』『11분』『오 자히르』『포르토벨로의 마녀』『승자는 혼자다』『알레프』『아크라 문서』『불륜』『스파이』『히피』등 발표하는 작품마다 전 세계적으로 큰 반향을 일으켰다. 2009년『연금술사』로 '한 권의 책이 가장 많은 언어로 번역된 작가'로 기네스북에 기록되었다.

그림 김동성

홍익대학교 동양화과를 졸업했다. 그림책『엄마 마중』으로 2004년 백상출판문화상을 받았고, 이 외에 그린 책으로『책과 노니는 집』『메아리』『비나리 달이네 집』『꽃신』『들꽃 아이』등이 있다. 현재 그림책, 광고, 카툰, 애니메이션 등 다양한 분야에서 활발한 활동을 펼치고 있다.

옮긴이 민은영

고려대학교 영어교육과를 졸업하고 이화여자대학교 통역번역대학원에서 석사학위를 받았다. 현재 전문 번역가로 활동중이며『미국식 결혼』『사랑의 역사』『어두운 숲』『거지 소녀』『곰』『프라이데이 블랙』『아일린』『내 휴식과 이완의 해』『그녀 손안의 죽음』『마블러스 웨이즈의 일 년』『안데르센 교수의 밤』『에논』『친구 사이』『불륜』『존 치버의 편지』『어떤 날들』『그의 옛 연인』『여름의 끝』『칠드런 액트』등을 우리말로 옮겼다.

문학동네 세계문학
아처

1판 1쇄 2021년 8월 11일 | 1판 5쇄 2022년 3월 8일

글 파울로 코엘료 | 그림 김동성 | 옮긴이 민은영
책임편집 김미혜 | **편집** 김혜정 이현자
디자인 김이정 최미영 | **저작권** 박지영 이영은 김하림
마케팅 정민호 이숙재 박보람 한민아 김혜연 이가을 안남영 김수현 정경주 이소정
브랜딩 함유지 함근아 김희숙 정승민
제작 강신은 김동욱 임현식 | **제작처** 한영문화사(인쇄) 경일제책사(제본)

펴낸곳 (주)문학동네 | **펴낸이** 김소영
출판등록 1993년 10월 22일 제2003-000045호
주소 10881 경기도 파주시 회동길 210
전자우편 editor@munhak.com | **대표전화** 031) 955-8888 | **팩스** 031) 955-8855
문의전화 031) 955-8895(마케팅) 031) 955-8860(편집)
문학동네카페 http://cafe.naver.com/mhdn | **트위터** @munhakdongne
북클럽문학동네 http://bookclubmunhak.com

ISBN 978-89-546-8156-8 03870

잘못된 책은 구입하신 서점에서 교환해드립니다.
기타 교환 문의 031) 955-2661, 3580

www.munhak.com

"자네가 무언가를 간절히 원할 때 온 우주는
        자네의 소망이 실현되도록 도와준다네."

**자신의 생을 성취로 이끈 사람들,
치열한 열정으로 자신의 길을 개척한 이들이
소중한 이에게 추천하는 책!**

『연금술사』는 자기성장의 성경과도 같은 작품입니다. 자존감이 무너졌거나, 성취를 위해 애쓰느라 지친 이들에게 위안과 용기를 주지요. 누군가 꿈을 찾고 있다면, 꼭 추천하고 싶은 책입니다. **김미경** (MKYU 학장)

연주여행을 가기 위해 비행기에서 긴 시간을 보낼 때면 이 책을 거듭 손에 잡게 된다. 성악가로서 세계를 떠돌다보니 왜 난 이렇게 집시처럼 떠돌아다녀야 하는지 생각을 많이 했다. 그런데 『연금술사』를 읽고 나서 인생은 자아를 발견하기 위한 영원한 여행이라는 생각에 위안을 얻게 됐다. 내가 찾아 헤매던 답을 찾아준 책이라고나 할까. **조수미** (성악가)

인생에서 진정 찾고자 하는 것은 무엇인지 차분히 생각해볼 기회를 주는 책. 주인공 산티아고의 여정을 통해 그동안 잊고 지내던 인생을 살아가는 진리를 다시 한번 되새기게 된다. **한완상** (전 대한적십자사 총재)

『연금술사』를 읽으면 자기 앞에 놓인 빈 공간을 새로운 색깔들로 채워나가고 싶은 마음이 든다. **최윤영** (아나운서)

기막히게 멋진 영혼의 모험이다. **폴 진델** (퓰리처상 수상 작가)

아름다운 문체, 결 고운 이야기, 마음을 움직이는 감동… 코엘료는 혼탁한 생의 현실 속에서도 참 자아를 지켜갈 수 있는 힘을 보여준다. **정진홍** (서울대 종교학과 명예교수)